歌集

岸辺

佐藤通雅

角川書店

岸辺　目次

装幀　花山周子

歌集　岸辺

佐藤通雅

Ⅰ　彩雲　二〇一七年

緬羊

数章の「詩篇」読みつぐ朝々の空気いつしか
梅雨湿り帯ぶ

雨上がりて東《ひんがし》の丘明るめど虹として立つことかなはざり

ドライアイを癒さむものと窓外をなめらに走る雲の脚追ふ

緬《めん》羊《やう》が緬羊の貌《かほ》して近づいてわれに聖なること
といはむとす

わからないことの多さにおびえてゐた空は苦
しいばかりに広かつた

縁側に陽はあまねくて干柿を揉みゐたりけり
幼日《をさなび》のわれ

養生をせむものと人界を離れをる間にぞつぎ
つぎ花の季過ぐ

おもちゃ売場巡るにはやも性差ありリカちゃ
ん人形の真白のフリル

「ツクシタ」とは「クツシタ」のことクツは
いて幼と散歩に出かけんとして

南吉を論じたる日のわが若さ迫川《はさまがは》の雲どこまでも追ひぬ

超高層に住まへるひとは直接に雲の呼吸をかたはらにする

白文

白文にレ点を入れて国文に反転さする凄きわざあり

遺影手に進む一団を報道の人らはここぞとばかりに写す

期間限定安売り墓地の広告を二日とりおき三日目に捨つ

輓馬大会の馬も勝ちたいか全霊をもて急坂を
越えむとぞする

人生論もう流行らざる時代《よ》といふにホトトギ
ス奴《め》がひたぶるに鳴く

降りる用なくなりし駅水沢はたちまち煙雨の
なかにかき消ゆ

両親《ふたおや》を送り終へたる身の軽さ「水沢江刺」は
一気に飛ばす

いづくより入りきしものかデデムシは郵便受けの底に眠りをり

音もなく花火は上がる山間の彼方に冬の祭あるらし

彩雲

喪の印すらこのごろは掲示せぬ路地の奥いき
なり葬の灯に会ふ

齢相応に視力弱りて彩雲《あやぐも》の彩《あや》はうるほふあしたの空に

軟体のものはぐしやりとつぶされて雨小康の石畳道

牛越橋《うしごえばし》渡りとげむに瀬の光の斑《はだら》はなほもまな
うらにあり

吟行会の人たちらしいそれぞれに手帳開きて
ばらばらに居る

雨に継ぐ雨にミヤギノハギの枝は深く枝垂れて頭《かうべ》あげえず

性のこととうに終へたる杖の人かばひ合ひつつ銀杏道来る

あつけない終はりでしたねといはれたい夕の
雲とそこは一致す

放置自転車倒れて錆びて霜にあふころやうや
くに撤去されたり

「たとえば――」と書き出して手を休めたり
シクラメンにも声ありさうで

夜をとほしひとの眠りを見守りきし月の浮力
がいま森のうへ

逆編年体

完了より未了へことともなく進む逆編年体歌集
ぞこれは

逆編年体読みゆくときのいらだちを君は知る
なし遺歌集なれば

シュレッダーに切り刻まれし麺状のものが大
袋にて持ち込まれたり

小池光について。

「エッ、光つて男なの」と某女史は小池のまへで頓狂な声上ぐ

けふのところはここまで　シャットダウンするときのぼりくる闇のかをりが

あれ以来なにがかはつたといふのだらう　星にまじりて飛機の光ゆく

自分だけが苦を負つてゐるといひたげな雲一塊が空にとどまる

ビニール袋拾ひあぐれば宇宙人の胎児のやう
なイヌの糞なり

雪虫

石段を下りるとき雪虫近づいてみんないつか
はひとりよといふ

新刊の書を手にとりてさするなりまづパラフィンの風の感触

松森の梢近くを行く雲は後方《しりへ》の白を放しつつあり

ヤマユリの根を売りに来し山棲みの少年の眼
の忘れがたしも

一日をかけてもやつとこれだけか稿の貧しさ
はわれの貧しさ

一歩一歩進むつもりが二歩三歩後退してゐる
世が速すぎて

殺処分とは芸もなき一語なり物と化したる牛
ノシシ並ぶ

大袋に放り込まれて埋めらるるまでの場面は
もはや映さず

産む女産まぬ女の中間に産めぬ男はほとんど
黙る

病とはつひにひとりのものだから雪のことば
に耳を傾く

急に激しくなりし吹雪に橋のうへの保育園児
の黒のかたまり

屋根といふ屋根は一夜の大雪をかがふり初陣
のごとくに並ぶ

薄氷の底ひを鯉の錆色の背の量感が滑りゆき
たる

普通死

青春切符あることさへも忘れゐき春先は旅、
定めなき旅

境内にタイサンボクのひらきをり天空の光そこに集めて

陰毛の生えそむるころ男《をのこ》らは武張つて「オッス！」と挨拶交はす

低空を飛行するヘリ中途にて角度変ふるとき
人の影見ゆ

スタルヒンの手足長きに魅了さる薄荷の味の
葉を噛みにつつ

オー、ロミオ！と身をのり出すのには丁度いい
いベランダ付の新築ハウス

水族館行きシャトルバスに列つくるたれもが
尾鰭をそっとかくして

人間に食はるるために造られしブタが寄り来てまなこを上ぐる

貴金属持ちきし黒服の店員が腰かがめケースのカギ穴ひねる

職卒へて十四年目のわれ「先生」と呼びかけられて街にたぢろぐ

石田比呂志の豪胆の歌読みをへし今夕の酒わけてうましも

コーヒー豆の一粒を歯に当ててみるかつて鳥
類だつた気がして

わからない歌二度三度読み返しつつひにわから
ぬときの心ぞ

コーヒーにミルクの白を注ぐなり創世の日の
神の手のやう

尊厳死、とは大袈裟な普通死で十分　少なく
もわたしの場合は

月命日

理由《わけ》ありの家のうからの消えしのちウメ色づ
きてつひに落果す

小銭拾ふ姿と人は見るならむ道のデデムシつまみ上げむに

長々し雨に詮無く籠りをるに魚族の思ひ湧くにあらずや

唱歌「故郷」。

鹿の山、鹿の川そしてめぐる夢忘れ敵《がたき》の記憶
も旧りぬ

大滝を背に自撮りする若きらに近づきゆけば
異邦語の韻

月命日の恒例として海沿ひの砂搔く青の制服
の人

六年を過ぎ海際の砂搔くを無駄とはいへずい
ふてはならぬ

朝のニュースに映りし避難の男《を》の人が昼映り
夕にも夜にも映る

公園の賑はひ避けて樹のうへに頁をめくる読
書少女が

コネコ

生命あるものが犬走りに現れてわれの弱みを
見透かして鳴く

ニンゲン　デ　ナイモノハ　イノチ　デ　ナ
イノデスカ　身じろぎもせずコネコは訴ふ

セイメイニ　クベツ　サベツハ　アルマイ
と告発調になるではないか

コンナ　リフジン　オマヘサン　ユルシテ
イイノカ　とコネコは一途にわが顔見上ぐ

あきらめて犬走りより消えてなほ空地の草を
くぐりゆく声

ミソヒトモジ

夫婦してミソヒトモジを作るのは何か油断の
できぬ感じなり

文語歌の駆逐されゆく勢ひを滝にたぐへて涼しまむとす

「いまはもうあきらめかんじんカラスウリ」突如生まれしこの一句はも

「いじめのない／学校になり／ますように」
仙台七夕飾りの願ひ

「カードはお持ちですか」に首を振る「失礼
しました」とレジ女《ぢよ》は応ふ

幼・小・中・高・大・婚までの一貫校あると
したならうすきみわるし

ジンシンジコ　ダイヤノミダレ　カタカナで
事を思ひてたれもが静か

黙秘

パーソナルコンピューターは予告なく黙秘に
入りぬ　けふで三日目

買物を終へし老女が手押し車押すとき地球も
共に動きたり

編笠の深くて額の見えぬ僧立ちつくすペデス
トリアンデッキ中程

製紙工場の大煙突を登り行く男ありこもごも
声かけ合ひて

俯せになりて考ふ断頭台の原理の単純にして
明快なるを

ひとさじの氷菓をのどへ送り込む微熱にたゆ
きからだ起こして

風邪熱を病んで臥しをる無様さを寝ながらに
して画帖にぞ描く

「聴く」と「聞く」の能動受動の中間の「きく」にて草の虫の音をきく

長崎忌コーラスをまづかなしまむそして「混葬」の一語かなしまむ

八月の三つの忌終へてふたたびを三六五日の
忘却へ入る

てのひらにそーっと包んで蛾の息をそのまま
月の庭へと放つ

蝶よ花よと永久に言はるることもなき〈虫偏の我〉不器用に逃ぐ

「鹿《しし》踊《をど》りのはじまり」のやうな夕陽だなあススキの穂群しつぽり濡れて

天文台の銀のドームのうへにきて雲はまなじり細めたりけり

Ⅱ　星の子　二〇一八年

甘栗

覗き見れば鉄板色の斜光あり「ＣＬＯＳＥ
Ｄ」の札の駅脇喫茶

解きがたいことの多さに眩暈して渋柿吊るす
これはよくわかる

墓はいらぬともう決めたから霊園の折り込み
広告を指は除外す

ＳＬのどでかく圧倒的重量西公園に来るたび見上ぐ

餌をやらぬゆゑ来ずなりしノラネコと他所でばつたり会ふ　目をそらす

久しぶりに広場へ行けば子どもらにタイホごつこの手錠かけらる

考へるほどにこの国がいやになるそんな人のための甘栗

透谷ノート

透谷を開きてノートしたる日の咽喉の渇きの
甦《かへ》るときあり

突風に吹き落とされし雀の巣われに見せむと
子らは馳せ来る

夜の廊に遭へる吾妻に「こんばんは」といへ
ばほんとに「こんばんは」の気持してくる

血圧を朝に夕に書き込むは小学の日の飼育簿のやうで

ペットショップにて。

「売れなかつたら殺されるんだよ」ひそひそと姉いふ小さな弟黙る

長靴をはいて新幹線より降りきたる二歳、四歳　又三郎のやうな

『永田和宏作品集Ⅰ』を読む。

学生に苛つ永田の歌つづく学生が学生に苛つとも見ゆ

枯れ菊を刈り払ひしにその根元ウサギのやう
な冬至芽のあり

すつからかんと葉を落としたる山林がほつと
息つけり日の光入りて

子どもらは遊ぶものにて新雪に全身べたりべたり投げ出す

松平修文、二〇一七年一一月に往く、二首。

点滴を拒みて往きしうたびとを夕べの雲にたぐへて偲ぶ

人往きて椅子空きたれど冬晴れの温みはそこに坐りゐるべし

足裏にてペットボトルをつぶすときアともウともつかぬ声出せり

ゆつくりと進むほかなし活字追ふことに疲れて雪の香《かう》嗅ぐ

まんづまんづ

まんづまんづ　しとりでよーぐ　きたごだ
と祖母は幼を迎へくれたり

垂直に立てるクワリンの細枝に身を傾げつつ
止まるスズメら

行数を合はせむものと所々《しよしよ》の文刈るは土手草
刈るによく似る

評論を書くも体力二十枚終へてよいしよと体持ち上ぐ

何か鬱のひるすぎにしてカフカフと頭上を渡る白鳥《とり》の家族《うから》ら

年齢の壮り過ぎむとハコベラの花はまぶしも
庭廻《もとほ》るに

星の子

頸椎変形脊髄症で通院、二首。

書くために打つために酷使してきたる肩・
腕・指が「ノン」の声上ぐ

診察室に呼ばるるまでをいとまありセーター
脱ぎて毛玉取りする

水底に葉はたまりゐてそのうへを風微笑《みせう》して
いくたびも過ぐ

三《さん》峰《ぽう》山《ざん》頂きになほ夕つ陽のあればカーテン閉
ざしがたしも

圧雪の溶けたる下の氷雪さらにその下の草の
芽立ちや

賞金の多寡はからるる世界ありあつけらかん
と女王とも呼ばる

生きる事終へたらけして注しはせぬ目薬二つ
いま指は持つ

前立腺がん、一年間のホルモン療法で消える、三首。

フキノタウ三つ四つ摘んでポケットへこの世
にも少し生きてゐられさう

なにもそんなにいそぐことはないといふ声に
かへりみれば空《くう》にひるの絹月

がんとたたかふ、とはすこしちがふ　星の子
をなだめて空へ送り返したやう

平成じぶん歌

一九八九（平成1）年　新元号。

下血の報はつたりと止み画面には墨書の二字が提示されたる

一九九〇（平成2）年　長崎市長右翼に銃撃さる。

泥のなかに足がのめりこむ感じなり立ち上る
ことはしばらく止める

一九九一（平成3）年　イラク戦争。ソ連邦崩壊。

やがて入試問題となるだらう「イラククルシ
イ」とおぼえるだらう

一九九二（平成4）年　『チボー家の人々』再読。

名《な》掛《かけ》丁《ちやう》にすがへる男の痩身はジャック・チボーだつた気がする

一九九三（平成5）年　凶作、米騒動広がる。

米所水沢の米屋に並ぶ列そのなかに従姉の後ろ姿も

病院の屋上の夜を遠望す拳大ほどの盆の花火を

一九九四（平成6）年　息子交通事故、妻ヘルニア手術、娘気胸手術。

「ただいま神戸に地震発生」の報ののち不可思議の闇がテレビを領す

一九九五（平成7）年　阪神淡路大震災。サリン事件。

一九九六（平成8）年　仙台西郊へ引っ越す。最後の転勤。娘パリへ渡る。

パリは遠し。とはいへ地球の裏側ゆ昨日と同じ肉声届く

一九九七（平成9）年　タクシー乗車中むち打ち症。名古屋で南吉論を講演。

重い頭かかへながらに名古屋着春日井建がヨーと手を上ぐ

一九九八（平成10）年　娘の偵察をかねて、妻とパリ行。

マレ地区の宿を訪ひくれし盟子さんいつしか
パリを呼吸する人

一九九九（平成11）年　沖縄行。東海村臨界事故。

原子力は〈事故の起きないうちは〉安全であ
る〈　〉は声にしない、たれもが

二〇〇〇（平成12）年　永井陽子自裁。

べくべからすずかけ通り去り行きし鼓笛隊はやもどることなし

二〇〇一（平成13）年　高瀬一誌死去。小中英之死去。米同時多発テロ。

巨大ビルに飛機食ひ入りてゆつくりと傾きそむるまでの数秒

二〇〇二（平成14）年　佐藤鬼房死去。

退《の》き方が水際立つとさへ思ふ阿弖流為《アテルイ》の裔
句人鬼房

二〇〇三（平成15）年　定年退職。母ミツ死去。

わがいのちを産みしいのちは一枚の布かがふ
りてものいはなくに

二〇〇四（平成16）年　春日井建死去。最後に会ったのはNHK全国短歌大会。

首筋の白繃帯の痛々し目礼のみのわかれとなれり

二〇〇五（平成17）年　全身倦怠と声帯不作動。

静臥するほかなく日数重ぬるは難破船にて漂ふごとし

二〇〇六（平成18）年　独居の叔父死去、後片付けに奔走。

一生分のもの処分するはおどげでねえ事務所、
役所を何度もまはる

二〇〇七（平成19）年　菱川善夫死去。

切つ先の鋭さは人を怯えしむ北方の人菱川も
去る

二〇〇八（平成20）年　岩手宮城内陸地震。父美次《みつぎ》死去。

何事の前兆か山は崩落し人の安寧を許すことなし

二〇〇九（平成21）年　冨士田元彦死去。

肉筆の「小津映画論・続」届きたりインクの黒の滲む数枚

二〇一〇（平成22）年　弟亨死去。竹山広死去。河野裕子死去。

噫、ひとはゆくつぎつぎとつぎつぎとかひなのばしたれどたれにもとどかぬ

二〇一一（平成23）年　東日本大震災。『強霜《こはじも》』刊行。

なぜ死の側に選ばれなかつたのだらうか　不眠のまぶたに広がる茜

二〇一二（平成24）年　吉本隆明死去。シンポジウム「震災詠を考える」企画。

いわきより駆けつけくれし祐禎氏話は山のやう制限時間はとつくに超過

二〇一三（平成25）年『昔話《むがすこ》』刊行。

なにが起きたといふのだらうか　底無しの荒浜の青、そして量感二〇一四（平成26）年　小高賢急逝。シンポジウム「大震災と詩歌」を企画。

予告なしの退場はずるい　けれどその手もあり、だつたかといま、気づく

二〇一五（平成27）年　宮英子死去。

長く長く毛糸繰りきし左手の小指がつひに「ノン」の声上ぐ

二〇一六（平成28）年　全身倦怠と声帯不作動。柏崎驍二死去。
前立腺がん発見、治療に入る。

「震災」とは「心災」「身災」でもあると五
年の後にやうやくわかる

二〇一七（平成29）年　『宮柊二　『山西省』論』『連灯』刊行。
岩田正死去。松平修文死去。

いそぐでないあわてるでないといひきかすい
つかは「ゐなくなるほかない」のだけれど

二〇一八（平成30）年　後期高齢者となる。がん消える。

星の子にさよならをいふ　わたくしにいまし
ばらくの時間をください

和紙

手を上げて、下して、上げて　高齢の女男《めを》や
すやすと声にしたがふ

公園にヤギは飼はれてうすべにの口を動かす
草食《たう》べむと

人の在処さらに捜すをあきらめし角封筒が汚
れて戻る

外の面より入りくる光のとぼしけど和紙は広
ぐる双つ掌をもて

白滝不動へ行く道問はれ昼ながら暗き谷間を
われは指差す

鼻濁音使へぬ歌手が「故郷」を「恙《つつが》なしや」とうたふ　これは困る

『柿生坂』二首。

老いの懸命を読み進めつつ折々は胸のうへに置く『柿生坂』一冊

生き切るといふ懸命の豊かさがいま早暁の胸のうへにある

最後の晩餐に並びをる人美味いとか不味いとかいはずただに静けき

マヒの指いたはりにつつキーボード打ちゆく
にロボットの気持ちしてきぬ

宇宙より還り来しひと支へられながらに不可
思議の微笑を浮かぶ

生原稿

「はやぶさ」に乗りて北指す左窓残りの雪の
青は脈打つ

蒔きどきとなりたる種をてのひらにのせはらはらと土にちらすも

ヒメツバキ砂にならべし幼らはいつせいに散るにはか雨きて

略歴に誰それに「師事」と書く人あり主従に
ほはすこの一語嫌《いや》

遠い地の惨事は眺むるほかにない心底つらけ
れど、くやしけれども

サクランボつまみて口に放るまでスローモーションのごとくにしたり

南公園の草に坐りてシャボン玉吹く幼児あり低く飛びゆく

古書目録にわが生原稿まで並びをりいやに高くてえらく恥づかし

古書店に辿りつくまでの行程を空想し少ししんみりとせり

高い寿司屋に入りたるわれは窃視する財ありさうな人らの横顔《かほ》を

ゲーテ『イタリア紀行』。

謝肉祭の一部始終を描きたるは映像いまだなき日のゲーテ

訃の人として

いつの間にか視野より消えしタレントが今朝
よみがへる訃の人として

「たかあき」といはず「りゅうめい」といひ
たるは青葉通の影濃き時代

一番丁に名画座ありて人の頭《づ》と頭の間より映
像追ひき

「西部戦線異状なし」終幕となりたれどしばらく誰も立ち上がりえず

メール送ればすぐ返信の世となりて三日ほっとけば死んだかと思はる

風除室のガラスに思ひつきり衝突の森の小鳥
にまだ温みあり

柏崎驍二を三たび四たびと読む間《あひ》に好める歌
のかはりゆくあはれ

人をいまだ殺《あや》めざる手の関節の痛みを片方の
手でさすりやる

柘榴の実裂けず砕けず鉄色となれるを二階出
窓に飾る

末枯れたる紫陽花ながら身のかたち整へ寒を
迎へんとぞす

Ⅲ　岸辺　二〇一九年

セーター

手編み好きの母親の才ある日突如わが内にこ
そ立ち上がりたれ

幼日《をさなび》の記憶の母はいつもいつも障子明りに
寄りて手編みす

名掛丁に購ひし毛糸のひとかかへ草原《さうげん》の人に
かへつたやうな

一〇〇着のセーター編まむこと思ひ立つ　目下、七六　先はまだまだ

初春《はつはる》の光あれば光も編み込んで半日がほど部屋内にをり

トモダチサヨナラ作戦

「トモダチノタメナラ命モ賭ケマス」と語る
だけならそれは美し

他人《ひと》の国を見捨てることのたやすさはむしろ
爽やかとすらいふべし

除染するすべなき山に棲むものはヰノシシや
シカ、それから月も

歳時記は凌辱されたと私は思つたドラゴンが
ほしいまま宙を舞つたとき

雪の音

噫、けふも無事に終はつたと感謝して消灯を
するときの雪の音《ね》

おもちゃ病院開設されて神妙なる面持ちしたる子どもら並ぶ

おもちゃ病院の医師の大方は老爺なり目を細めてはいとしげに診《み》る

雪やみて靄茫々と立つ彼方海広ごりて錆の色せり

これの世のほんのかたすみにイスありてそこに正座しひるの雲食む

指力弱りてリンゴ割るときも手布巾のうへに
まろら実を置く

たれからも忘れられゆきある日ぽとんとさい
ごのしづくとなれたらいいな

ソバ会　三首。

風呂のまま眠りに落ちし旧友《とも》のあり以来十六年まだ起きて来ぬ

命日に合はせてわれらソバ会すまだ生きてさらにいよいよ老いて

理想的死に方だつたと結論し七月の会今年も
終はる

岸辺

岸辺にはなにか聖書の感じあり帽とり額に水の光当つ

生と死の丁度中間つてところかも誰も居ない
公園でブランコを漕ぐ

テイッシュ広げ虫を包んで外に放つそのとき
中空に白の半月

ミニ鉢に土入れ三日たちたれば滴のごとき緑
芽の出づ

西松屋めぐるにほつとり吊るされしマタニテ
ィードレスの一区画あり

紀伊國屋に待ちをればムンクの男《を》のやうに
小《こ》中《な》英之《か》はひよろひよろ遅れて来たる

肌をさつと撫づる風ありその後を雷鳴ありて
徐々に近づく

駅トイレ終へて両手を洗はむに前科の思ひするにあらずや

渇水のつづきて月山池《つきやまいけ》の底シルクロード色の砂礫現る

肩・腕の痛みて農を休めるに勝ち誇つたやう
に伸びる草たち

読むべしと積み上げる書は層《かさ》をなすしばらく
の無為われにも給へ

滞る雨域の切れ間ヤマバトの声の洩れきてしばらくつづく

甲高き「どうぞ！」の声に開式のテープはプツンプツンと切らる

撤去されし郵便ポストの前を通る　ポスト型
の空気が立つてゐる

セーターを広げて編み目調ぶるに粗目《あらめ》締目《しまりめ》
波のやうにあり

久し振りに毛糸編まむと取り出すに指たちの
このうれしがりやう

石段を登り切りたる庭の奥バラありて白くふ
くよかに揺る

読経中の婦人のやうだがいやちがふ数独の枠を凝視してをり

プラットホームをブラックホールと聞き違へカバンを抱へ直したるわれ

ラ・フランス一顆掌にして帰らむに雨雲裂けてそこよりの光

逆走

逆走に気づかない人気づいた人どちらも「危ない！」と大声を上ぐ

高齢者運転講習会。

息子世代の講師がていねいに説明す死角生ずるときの瞬時を

発注の翌日にはや品届くこの不気味さをヤマバトは知らぬ

宅配の若者が荷を小脇にしいきなり全身で駆け出す

高所恐怖症のわれはとうにあきらめてゐる宇宙葬とふ新手のやつを

エレベーターを待つ間ヒールに履き替へる離れ技見たり女性《ひと》に隣りて

ヒールにて身をますぐにし高層の朝のオフィスへ行くのであらう

難解語検索すれど鬱蒼たる図書館の感じそこにはなし

大学の図書受付に憂鬱の塊のやうな男司書をり

くちなはのやうにくたーつと栞紐もう起き時
ですと声かけて引く

家《や》籠《ごも》りの多くてたまに人に会へばどの表情も
それぞれに濃し

映画論

映画館へ行くことまれになりたれど映画論は
好きわけて秋の日

シャコバサボテンの鉢卓上に　おそらくは花
であることをあなたは知らぬ

ササユリは傾《なだ》りに枯れて風なきに身よりほろ
ほろ種放つなり

落葉はきわたしにもやらせてと五人来る一緒
にやれば村人のやう

散り敷きてなほ散りやまぬ緑道を夕のイヌは
神妙に行く

ケンケンパーのチョークのあともほとびたり
止んでまた降るけふの時雨に

黄金の銀杏の道を渡るなりとりかへしつかざることはたれにも

歌集から顔上げ思ふ米川千嘉子《よねかはか》の時代の暗部
ゑぐる眼力

連峰の赤銅色《あかがねいろ》も朝には白濁すいよよ冬へ入ら
むと

大槌町を総なめにする大舌をまた見てしまふ
胸処《むなど》ふたがる

ただならぬことふえゆきてただならぬとさへ
思へぬ時代《とき》とはなりぬ

「わが祖国」

汚染されし山とは見えず三月も半ばとなれば
樹の色動く

思はざる雪となりたる弥生尽交響詩「わが祖
国」全曲

桜樹あり芽立ちの重み加はりて日に日にうつ
むきざまになれる

降るごとく、ではなくどしやぶりのやうだつた全天全空全面の星

死者五十、こちらは二万といふときの少し誇れる思ひを叱る

閖上中学校美術室。

トルソーの胸肉《むなじし》割れて立ちゐしが時たちてそ
の行方知られず

没りはててのちに広ごる夕つ色稲葉京子をけ
ふも読みつぐ

街に出て手負ひの鳥のごとくにも小公園のベンチにゐたり

老いを生きるしんどさと青春《はる》を生きるしんどさを天秤にかける　釣り合ふ

駅ピアノ

駅ピアノに人は寄り来て一曲を早瀬のごとく
弾いて去るなり

スマホには幼の口がアップさるそこには木の
芽ほどの前歯が

スナフキンの音楽《おと》かと耳をすませるに青葉風
なり人の影見ず

散歩路に白の家ありふにやもにやと声洩るる
噫、赤ちやんがゐる

「凡人」のランクを前に凡人でなにが悪いと
怒りつつ見る

兄弟は蜜ならねども同病を持ちたれば交はす
メール数行

カプチーノ飲みつつ隣を窃視する書を広げし
きりに線を引く人

半年前に入れし日程も明日に迫るじたばたせ
ずに待つことよろし

Ⅳ　氷柱　二〇二〇年

スズメ

夕光の中渡らむとスズメらの翼の色は透りたりけり

「手袋を買ひに」のやうに戸の間より手を出せばそこに夜の冷気が

「石巻日日《ひび》新聞」の肉筆を心弱れるときは思ふも

読まむとし読みえず忘れゐし本の細き背筋を
指《および》もて撫づ

老いゆくは抽象へ向かふことならむこの頃哲
学書が次々解ける

大冊の遺歌集を閉ぢ終へたならこの歌人《うたびと》と永
久に会ひえぬ

風なくて音する方へ目をやればサルスベリが
今まさに脱皮す

転機

加湿器ゆとろとろのぼる一本の煙《けむ》の尻尾は見
つつ飽かなく

昼餉する人の眼の動くなりフロントガラスの
その内側ゆ

間男といふ語のひよいと浮かびくるスカンポ
の茎齧りをるとき

キッチンの隅に置きたるガラス製コップにアリの屍《し》はたまりをり

丸テーブル囲みてうつむく五人ほど指もて紙のツルを折りゐる

靄状の何か抱へしこの数《す》日《じつ》転機はあるかやがてあるべし

キリの木

２０１９年７月１日より39回、前立腺がん治療のため東北大学病院へ通院。その間の日録風作品。

画像指し「やはり顔の悪いやつです」と医師
いふ薄墨色のその個所

自覚症状なくて患者になりしわれたとへば素手で雲つかむやう

西道路、通称青葉山トンネルを抜け出でむとし瀬々の夏光

トンネルとトンネル繋ぐ切れ目には樹あり雲
あり風の息あり

車椅子ごと看護師につつかかるその一瞬を見
てしまひたり

病棟と病棟の間の空地には自生のキリの育ちつつあり

病院のロゴマークは息子の制作したもの。

看護師の白地の袖のロゴマーク「センスいいですね」と知らん顔して誉める

オレンジのハートのうへに浮かぶ球「淳マーク」と呼んで夫婦《われら》親しむ

放射線治療病棟地下一階ガラス扉がおごそかに開く

幅広のガラス扉が開くときわれは人からヒトへと変はる

「ここから奥へ入る人は消毒してください」コギツネのやうにてのひら開く

治療室へ向かふ廊にはけふもゐる頬のあたりの静けかる人

「今、お迎へが来ますからね」といはれをり診察終へし車椅子の人

治療時間迫れば若き技師たちは小波の音立て
て歩み来

放射線技師は若くて優しくてわれをベッドに
横たはらしむ

ベッドにはわが型ありて両足をまづ合はせそして頭《かうべ》を降ろす

両の手は祈りの形に胸のうへ　「ではけじめます」と声音のかかる

天井に青葉照りする映像のありてサクラやウメや白雲

宇宙船のやうな機器にて動いては止まりヴューンと呻つたりする

グワングワンと回りて機器は金マーカー探し
当て瞬時睦みたるらし

通院の日々にボトルを持ちゆけば遠足の気分
湧くにあらずや

放射線治療に通ふ二カ月にキリの若木は窓まで伸びる

一カ月後、再診。

病棟の空地自生のキリの木は根元深くゆ払はれてあり

勝訴

小型重機で泥濘を掘る二人をり行方知れざる
子を探さむと

額づくほかなにもできないわたくしの後ろに
大型バスの人らが

ピースだけはやめてください　潮浴びて赤枯
れしたる後ろ手の杉

卒業制作の壁画に「銀河鉄道の夜」がある。

子どもらの描きし「銀河鉄道の夜」の掲示を
拒む遠い眼のあり

銀河へと向かふ列車の窓明り　もしかしてた
れか顔を出さぬか

此処は、ただの廃墟ではない七十四の心がい
まも息づく所

左手のピアニストのやうにゆつくりと花置く、
そして「またね」といふ

学校悪を真直《ますぐ》に語る曇りなさ　季節《とき》めぐり
ふたたびの葦《よし》の川べり

逃げた人、留まつた人、消えた人　あくまで
素知らぬふりの海、海。

大川小学校校歌「未来をひらく」の作詞者は知己の故富田博。

「青い波寄せてくる波」一行を悔いたる人も
その後罷りぬ

2019年10月、原告遺族勝訴確定。

勝訴とは、何に勝つたといふことだらう　立
ち尽くすわれ、コスモスの花も

原告も被告もともに被災者であるときの勝訴、
敗訴とはなんだらう

〈おら家《え》でも、息子と孫と無ぐしたけんど、
やつぱり賠償金払はねばなんねのだべが〉

賠償金14億4千万円へ人の目移る　悲しから
ずや

言うてはならぬゆゑ口閉ざすはたれもたれも
海行きの電車がいま発つ

よろこびとかかなしみとかでない、もっとべつの、ことばに遠い感情がある

震災ののち芽ぐみたる病あり癒さむと来てソファに坐る

放射線治療病棟テレビにはいまゆうるりと寄せてくる波

語りたい、けれどことばが届かない　まなかひにいつの間にか雪虫

ネムの木の根元

ボーッとして過ごすに丁度よい窪み大ネムの
木の根元の所

ネムの木の根元に坐りをるときに春初めての
赤ちゃんが来る

冬の間に生れし近所の赤ちゃんが今全身で春
をまぶしがる

思ひ出しまた思ひ出す速さにて薄草色の毛糸《いと》を編んでゆく

かなしみのいつぱいだつたデデムシの殻もいまではこんなに軽い

ポンポン蒸気

ブリキ製ポンポン蒸気を浮かべたる少年の日
の風の匂ひが

緑道を下り行きしにヤマバトがキシキシ翼広げて発てり

入水《にふすい》でなくて入水《じゆすい》と読まむとし武士《もののふ》めける心の湧くも

焼身の報にさやげど朝には人も車も止まること
なし

あと何度使ふだらうか浅春の光惜しみて喪服
を吊るす

喪の人がわれならばもう使ふことなき黒服を
伸ばして畳む

発表のあてなき歌屑は溜まる溜まる無名の者
にかかる幸あり

ザクロ忌

ザクロ忌と秘かに名づけ悼みきぬ尾花《をばな》仙朔《せんさく》北の詩人《うたびと》

上愛子《かみあやし》、下愛子《しもあやし》二つを分かちをる中央河川の
桜光かも

ケヤキ木の若枝若枝に薄紅の葉は連なりて雨
に濡れをり

エニシダの庭の家ありそこ通るとき「金雀
枝」と漢字にていふ

公園を過り行かむと目の高さクサカゲロフが
音もなく飛ぶ

眼底《まなそこ》の疲れはいつも左側エゴ咲き散らふ家までの坂

往く人はつぎつぎ往きてとどまらぬ水面《みのも》をわたる梅雨の間の雲

並び立つ機動隊にも黙禱を求めし時代がこの
国にあり

「この件は小高賢に聞いてみたら」――と口
にし、はつと驚いたわれ

紙とハサミあればたちまち手と指が動きつぎつぎオニの子の生《あ》る

二つ折りの紙を一気に広げたるときの幼のおどろきの目よ

「何カ月ですか」と問へば「十カ月」とママはいふ「十カ月の空気はおいしいですか」

起動せぬパソコンのやつ夜の部屋にシラーッとした顔で鎮座してをり

おそらく、ではなくて確実にパソコンは相手
次第でふて寝なぞする

ビラリ剝がすと祖母のいひたるそのビラリ古
障子替へむとわれはしてみる

白鳥

一日の食に足らひてもどり来し夕の白鳥《とり》のつばさは透くも

消《け》残れる雪は童子の象《かたち》にて手をあげそして逆
立ちもする

ヒト以前のいのちの芽立ちおもふなり夜半に
醒めてしばらくの間を

では、お先に　といふ感じにて同輩の罷れば
花もはや用意せず

年末に入りて胃の腑の痛むわれやをら毛糸出し素編みをはじむ

ヤマブキ

前代未聞の事態つのりて未聞とも覚えずなりしころのヤマブキ

カマキ**リ**を**カ**マキリといふ転校生ある日現れ
秋には消えぬ

歌の結びを消して加へてまた消して翌日つひ
に一首捨て去る

「歌人」でなく「うたびと」ですと紹介しど
こか渡世めく感じ好きなり

改めて漢字にすればこれは凄《スゴ》！「戦戦兢兢」
の四つの文字

マスク

屏風絵のやうに広ごるアヤメ園カルガモの子ら茎を出で入る

花終へて幹しんねりと濡るるさま傘の人来て
しばらくを見る

エゴの花傷みやすくて雨二日おきて通ればはや降《くた》ちそむ

大き葉に雨落ちさらに下葉へとこぼれて土へ
帰りゆくまで

玄関の鉢にメダカを飼ふ子あり夕の光はそこ
にも届く

名も知らぬ花一瞥し過ぎむとき「名も知れぬ
人」と花は返しきぬ

この一生かけても読めぬ本ながら積みおけば
それぞれに品格のあり

すれちがふ空色タクシーの後部席ひらひらと
掌をふる人のあり

エレベーターに一緒に入つたはずの人いつの
まにかゐない　ままの上昇

樹齢三百年の銀杏仰ぐは久しぶり巨象のやうな樹幹の深傷《ふかで》

つみびとのやうにこもりてけふも聞く投函の音移りゆけるを

届きたるマスク二枚は葉の軽さ　コギツネたちに逢ひにゆきたい

白マスク捨てられ雨に濡れそぼち水木しげるのやうな顔せり

居合刀

居合刀折々抜いて切つ先ゆこぼるる光の筋を
静視す

ゴミ袋両腕にして坂道を下らむときのこの渡世感

衰へし指いたはりてキーボード押しつつ想がひとり先行く

丘のうへにスズカケの樹のある町を季節移ろ
ふときに想ふも

もうもどつてくるなとわたくしならばいふ園
児らが稚魚の放流をする

予告なしの花火大会これで二度暗がりながら
声の集まる

ドライアイの薬注さむと空《くう》仰ぐそのときの
全《まった》き無力のよろし

密度

ベランダに仰のきもがく甲虫《かふちゆう》のそのうへに
纖き雨は降り初む

紙屑のやうに浮かんでまた沈む鳥の群ありけ
ふも家籠《やごも》る

感染率の報に倦んじて里山にひそめる抽象美
術館へと

オラ　オラ　デ　シトリ　エグモント序曲聴く籠りつづけて密度濃くなる

歳月

長い列のひとりとなりて水を待つそこに吹雪
あり頬を打ち据う

誰いふとなく枯れ枝を集め来て大鍋に湯を沸かしたりけり

テトラポッドに体当たりする力あり砂を侵してやがて鎮まる

生と死に振り分けしはいかな神なりや金雀枝
の黄《きい》さらに広ごる

完膚なきまでに敗れしものとして草踏む倒木
の根のところまで

「津波の映像出ます」と字幕出づ椅子の者は
誰も立たない

雪の日の障子明かりに並べおくこけしの二つ
眉や朱の唇《くち》

布をもてこけしの面《おも》を撫づるなりかの日眉間に負ひたる傷も

地吹雪の止みし夕の西南中空にして月の光生る

何ほどのことも終はらぬ歳月を跨ぎて次へ押し出されたる

血液の数値一気に上がりしは五年を越えてキリの葉の頃

この十年、そして今から十年後　雪虫たちの
白は浮沈す

氷柱

地下広場へ上り行かむと眩暈す方形の空あるばかりにて

何処より出できしものか浴室に脚長の虫屈みゐにけり

逃れむとしてもがきをる夜の虫縁ありて世に生れきしもの

殺さない主義の私はてのひらに包みてそつと
暗みへ返す

ネムの木の根元の窪に腰かけて雲写す変化《へんげ》し
やまざる雲を

赤銅《あかがね》に染まれる樹々の末《うれ》あたりけふののこり
の光は傾斜す

風無くてまなかひに降る雪さへや少したためら
ひ後に着地す

何本もの氷柱に滴ふくらみてこぼれむときその尖は震へる

V

シャガールのやうに　二〇二一年

雑草

冬の間に地中に張れる力あり身の丈低き雑草《あらくさ》
ながら

春先の土ほごさむに去年捨てし梅干の種の粒
は出できぬ

無観客それがどうしたとさへいはず白鳥の列
北へと帰る

籐カゴの毛糸引いては素編みするこの数日の
菜種梅雨かも

足裏の冷え鎮まらぬ卯月かなカラマーゾフを
読み進めては

はなびらの白みしころをゆくりなく雪は降り
きてその枝包む

花に雪　家籠《やごも》りつづくものたちへ天の賜物な
らむ見飽かず

極まれる花鎮めむと夜を徹し降りたる雨も朝
にをさまる

白スイセン

性区別と差別の境分けがたし白スイセンの開きつつあり

菜の花の茎一束《ひとつかね》湯に放つ仙人のやうなけふのはじめに

折々の花をのぞきて通らむに主はいつも物陰にをり

蕃山をのぼれる月はいよいよに面の冴えて中天に来ぬ

ベランダの平らに干せるセーターのどれもが討死の姿してをり

師といふを持たざるわれはヒメツバキ一枝《いっし》折りきて卓上に置く

道端のほんのふつうの枝ながら緑ふくふく萌え出でむとす

いつか止まる地球想ひて消灯すその夜の眠り
わけて安しも

幼日

一九四五年八月一五日。

ラジオを前に涙拭ふはなにごとや二歳の夏の
昼の座敷に

平泉中尊寺の弁慶堂は遠縁。「ちゅうぞん」とよびならわしていた。

中尊《ちゆうぞん》のお能さ行ぐべと誘はれて祖母と見に
行く幼日《をさなび》のわれ

能舞台に倦みていつしか眠り込む頬のあたり
に莫蓙の匂ひよ

井戸に入水の人がいた。

撥《はね》釣《つる》瓶《べ》重くきしめば走り去るソメヰヨシノのあふれをる坂

聖火

上の物取らむと脚立に登るとき天涯孤独の感じはするも

クリップを掌につくづくと眺めたり　この頃
哲人タイプに逢はぬ

壁際に並べられをるパイプイスそのしろがね
の細き脚たち

正座より立ち上がらむと膝・脚は全重力と真向勝負す

人をらぬ公園の中聖火《ひじりび》はほぼ水平の高さにて行く

木の芽どきにまだ早くして細ほそと落ちくる
山の水の光かも

モクレンの花朽ちやすくその下を行くとき溜
息洩れくるやうな

大杉の間《あひ》の細路を流れくる山鳥川《やまどりがは》に昼の光なし

郵便夫のやうな大カバン負ひし人戛《かつ》戛《かつ》戛《かつ》と後ろより来る

『カラマーゾフ』アリョーシャ二十の面影の
浮かび来灯り消したるのちを

おほよそのノルマを決めて打ち進めつつも泥
めるこの一節に

昼ながら灯りをつけて活字追ふ老いゆくは慮外の重労働にて

もう一つ身を引けば公のこと終はる私ひとりとなるときの来む

肝心なことはどこかに隠されてそしてそれで
もカタツムリ生る

シャガールのやうに

あと一年で車を卒へて籠りなばシャガールの
やうに空を翔ばむよ

焙煎の香手《かう》近くにふたたびをカラマーゾフの
世界へ戻る

駅ピアノではないそれは雲ピアノ音符をこぼ
し、こぼしつつ行く

鉛筆を削れば香《かう》のほのかなりそのまましばし書くことをせず

愛子《あやし》駅まで下らむにメーテルの悲のまなじりの浮かぶときあり

湯檜曽《ゆびそ》へと向かふ電車の立ち席にチェ・ゲバ
ラ著の一冊読みき

諸事雑事終へて歌作へ向かはむにはや心力は
味方とならず

イヌ率《ゐ》ざる女人《ひと》の散歩の美しさ腕振り脚を前へと伸ばす

『法華経』の旧字つぶさに書写《うつ》さむに時間《とき》の密度の自づから添ふ

残り豆腐入れて早めの朝餉とす凡々としてけ
ふもあるべし

ツメクサ

ツメクサのほんの小さな花びらに絵具一滴の
緋《あけ》の色あり

小川未明「牛女」。

牛女《うしをんな》の形の雲のいま生れてふたつかひなを
伸ばしつつ行く

柏崎驍二・盛岡の日に。

中津川河畔の緑長身の北のうたびと笑みつつ
ぞ来る

冷蔵庫の奥に置きたる大キャベツ最も深いところに傷が

水琴を奏づる地下の音聞こゆ一夜の雨の上がりたる暁《あけ》

礫かとまがふばかりに飛び来しはセミなり網戸にヒタリ吸ひつく

垂直の壁を這ひ来て枯死したる蝸牛三粒を草へ戻さむ

咲くことに早くて朽つるになほ早きウハミズザクラに今年も見《まみ》ゆ

炎暑つづきに刈らずにおけばメヒシバの花爆ぜ網戸をしきりに擦る

ゆつくりと朝茶を煎れてすするなり老いて深みのわかる島田茶

震災をのがれし秋の道の駅オルガンの音の流れゐにけり

智者

ホウセンクワほろほろ紙の小袋に種採りいづれ八方塞がり

滑走路動きはじめる飛機の腹人群れて誰かが
誰かを落とす

足で踏んで手で消毒のそのときの音楽は「森
のくまさん」がいい

原稿用紙に書くこと絶えてたまたまに用紙開けばただだに美し

騒乱のあり崩壊もありながら雨止み草の穂の立ち直る

逃げ場無き人静けくてマイバッグ出せば手早く物入れくるる

現実に非現実、ではなくて非現実に現実が重なるやうで

呆れかへることに呆れておにぎりに味噌をた
つぷり付ければ美味し

一年半隔てて会へる男《を》の孫はいきなり友だち
ことばを発す

通院のたびに『花さき山』開くつぼみがひとつまたまたひとつ

絵本読むヘンな小父さんと一瞥のとなりの席に座れるをのこ

わが描ける絵馬並べれば脚たちが駆け出したくて土蹴りたくて

一日の暮るる速さに驚いて演劇人のやうに幕引く

まだ温き温泉卵の尖を割る智者に出会ふとしたらこのとき

『岸辺』覚書

本歌集は、『連灯』につづく第一二歌集にあたる。二〇一七年から二〇二一年にかけての作品四八四首を、ほぼ制作年に沿って構成した。

私は一九六一年に「短歌人」に入会し、七一年に退会するまで、一〇年間所属した。しかし結社形式が、私の体質には合わず、関心分野が他にも広がるため、退会。一九六六年一月に創刊した個人編集誌「路上」を、唯一の表現拠点にして、今日まで来た。

その「路上」も一五〇号（二〇二一年七月）をもって終刊。これを一つの区切りとして、歌稿をまとめようと思い立った。

私の住んでいる地区には、サイカチ沼・月山池がある。森に囲まれた、閑静な湖だ。その岸辺に屈みこみ、寄せては返すさざ波を、時を忘れて見ることがたびたびだった。東日本大震災で打撃を受けたときも、がん治療に通う合間にも。

そして、二月二四日に勃発したロシア軍のウクライナ侵攻のときも、三月一六日に再来した大震災のときも、岸辺に心は向かった。それは、慰めを得たいから、平常心を得たいから、というのとは少しちがう気がする。まだ、ことばにならない。

歌集刊行に際しては、『短歌』編集部の矢野敦志氏・打田翼氏・スタッフの皆さんには、大変お世話になった。装幀を引き受けて下さった、花山周子氏にも感謝申し上げたい。

二〇二二年六月一日

佐藤通雅

佐藤通雅（さとう・みちまさ） 略歴

1943（昭和18）年、岩手県奥州市生。1965年、東北大学教育学部を卒業、宮城県内の高校に勤務。2003年、定年退職。1966年1月、文学思想個人編集誌「路上」を創刊。2021年7月、150号をもって終刊。

〈主な著書〉

歌集

『薄明の谷』（1971年　短歌人会）、『美童』（1994年　ながらみ書房）、『天心』（1999年　砂子屋書房）、『往還』（2003年　雁書館）、『予感』（2006年　角川書店）、『強霜《こはじも》』（2011年　砂子屋書房　第27回詩歌文学館賞短歌部門受賞）、『昔話《むがすこ》』（2013年　いりの舎）、『連灯』（2017年　短歌研究社）　他。

評論

『新美南吉童話論』（1970年　牧書店　第4回日本児童文学者協会新人賞受賞）、『日本児童文学の成立・序説』（1985年　大和書房　1986年度日本児童文学学会奨励賞受賞）、『詩人まど・みちお』（1998年　北冬舎）、『宮沢賢治　東北砕石工場技師論』（2000年　洋々社　第10回宮沢賢治賞受賞）、『岡井隆ノート』（2001年　路上発行所）、『茂吉覚書　評論を読む』（2009年　青磁社）、『宮柊二　柊二初期及び『群鶏』論』（2012年　柊書房）、『宮柊二　『山西省』論』（2017年　柊書房）　他。

現住所　〒989-3123
仙台市青葉区錦ケ丘6-16-12

歌集　岸辺《きしべ》

2022（令和4）年7月15日　初版発行

著　者　佐藤通雅
発行者　石川一郎
発　行　公益財団法人 角川文化振興財団
〒359-0023 埼玉県所沢市東所沢和田3-31-3
ところざわサクラタウン 角川武蔵野ミュージアム
電話 050-1742-0634
https://www.kadokawa-zaidan.or.jp/
発　売　株式会社 KADOKAWA
〒102-8177 東京都千代田区富士見2-13-3
電話 0570-002-301（ナビダイヤル）
https://www.kadokawa.co.jp/
印刷製本　中央精版印刷株式会社
 ISBN978-4-04-884482-6 C0092